DINOAMICS

Textos: Andrea Pau
Il·lustracions: Erika De Pieri
Color: Alessandra Bracaglia

Títol original: *Allarme T-Rex!*
Traducció: Maria Llopis Freixas
Adaptació de la coberta: Pilar Sola

Versió original publicada per De Agostini Libri S.p.A., Itàlia

Estrella Polar, Pedro i Pons, 9-11, 08034 Barcelona

www.estrellapolar.cat
info@estrellapolar.cat

Primera edició: maig del 2014
ISBN: 978-84-9057-379-2
Dipòsit legal: B. 6.861-2014
Impressió: Cachiman Grafic, S.L.

Andrea Pau

Alarma, T-Rex!

Il·lustracions d'Erika De Pieri

Estrella Polar

EN UNA PREHISTÒRIA MOLT I MOLT LLUNYANA

els dinosaures i els homes vivien a la mateixa terra. Però, no era gens fàcil! Als dinosaures, que ja hi vivien des de feia temps, no els agradaven els humans: que troglodites! I que garrepes! En canvi, els homes tenien por d'aquelles bestiotes plenes d'urpes i ullals.

Fins que, un bon dia, un cadell de dinosaure tímid i estudiós va conèixer un cadell d'home dimoniet i entremaliat... I van començar les aventures més divertides de totes les eres geològiques!

Benvinguts a la prehistòria dinozoica!
Som el Mumu i el Rototom
i aquests són els nostres amics.
Dinosaures estudiosos, cadells d'home
eixelebrats, tigres que fan de mestres...
Tots junts vivim moltes aventures a prova
de terratrèmols i pluges de meteorits!

Alma
Decidida i valenta, sempre té un munt d'idees genials!
Otel·lo
Vell mamut amb un sol ullal, és bo però repapieja una mica!
Senyoreta Popup
Severa però justa, és la mestra del poblat dels homes.
Granit
És fort i aventurer, però sempre se'n riu de tot!

CAPÍTOL 1

UN DINOSAURE SOLITARI

El Mumu vagava per Sauròpolis, el poblat dels dinosaures, amb un posat molt moix.

La vida era d'allò més avorrida sense els seus amics cadells humans: trobava tant a faltar el Rototom, l'Alma i el Granit!

En canvi, als altres dinosaures no els agradaven els homes: eren molt grollers i mal educats! I quines cabelleres que duien!

Però, quan el Mumu era al seu poblat, havia d'estar allunyat dels nens. Si algú sa-

bés que els seus millors amics eren humans, tindria molts maldecaps.

—Bon dia, Mumu! Quin dia més bonic, oi? —li va dir el Coronel Dentadura, el cap del poblat. Era un diplodoc gegantí de to blavós i duia un barret de pell.

El Mumu el va saludar sense aturar-se i el coronel es va amoïnar una mica.

El sol brillava amb força i el poblat dels dinosaures era ple de coses interessants... però el Mumu no estava d'humor.

No va mirar la cascada que queia sobre l'estany on els brontosaures i els estegosaures es divertien nedant. No va fer cas del bosc d'arbres altíssims. Ara ja no tenia ganes de nedar ni de fer res... Ell volia JUGAR!

Aleshores es va trobar un estegosaure blanc com la llet i amb els ulls vermells.

—Bon dia, Mumu! Et veig una mica feixuc, avui. No et deus haver tornat a engreixar?

El Mumu, sempre amable, li va contestar:

—Bon dia, Llengut.

—Sempre sol, eh? Ui ui ui! —va burlar-se l'estegosaure—. Hauries de tenir amics!

El Mumu va arronsar les espatlles.

—Te'n vas a casa? —va insistir el Llengut, que era el més xafarder del poblat—. Mira, vinc amb tu! Em podries oferir una tassa de llet, una mica de verdura o un bon tros de pastís...

Però el Mumu no pensava convidar-lo.

—La veritat és que vaig cap a la Grafitoteca, per llegir una mica... —va mentir.

Sabia que el Llengut, com el Rototom, quan sentia la paraula llegir queia en un son profund, amb molts roncs.

El Llengut de seguida va canviar d'idea.

—Bé, doncs..., no vinc. Acabo de recordar que he de fer... una cosa molt urgent!

El Mumu va veure com l'estegosaure s'allunyava i després va anar cap a una clariana. Va seure sobre una pedra rodona a prop d'una gran bassa fangosa i va mirar que no hi hagués ningú a la vora...

Va agafar el sarró que duia en bandolera i en va treure tres mitjons de pell en què havia dibuixat unes cares somrients. Havia farcit el fons de cada mitjó amb palla i els havia tenyit de colors diferents. N'hi havia un de ros com l'Alma; un altre de gros i pudent, com el Granit, i després el més petit de tots, amb una mata de cabells llargs i esborrifats, com els del Rototom.

El dinosaure es va posar els mitjons a les potes del davant i va començar a moure'ls com si fossin titelles. Els seus amics eren lluny i parlar amb aquells ninots el feia sentir menys sol!

—«Hola, Alma! Quins cabells més bonics que tens» —va exclamar—. «Bon dia, Granit! Veig que estàs més brut que mai!»... «Ei, Rototom! Quantes bastonades has clavat, avui?».

—Oh, com a mínim un o dos milions... —va contestar per sorpresa una veueta.

El Mumu va fer un bot i va començar a tremolar com un flam.

Des de quan els titelles parlaven?!?

Les dents li van començar a petar com si fos un porugadont, va ficar els mitjons al sarró i va córrer a amagar-se darrere una roca (que només li tapava mitja cua, però).

—Q-qui ets? —va balbotejar—. Co-co-com és que em coneixes?!?

CAPÍTOL 2

SORPRESA!!!

Darrere la roca, el Mumu va continuar tremolant, fins que d'un matoll va aparèixer un rínxol fosc. I després, una mata de cabells.

I després... el ROTOTOM!

—Som nosaltres! —va anunciar el nen, mentre corria a abraçar el seu amic dinosaure—. Et trobàvem tant a faltar...

El Mumu no creia el que estava veient. Va córrer cap al cadell d'home, el va agafar de les mans i el va fer girar com una baldufa. Era tan feliç! Llavors es va girar cap al matoll.

—Un moment... has dit «nosaltres»?

—El pesat del Rototom no ha vingut sol! —van exclamar alhora dues veuetes.

De seguida, el Granit i l'Alma van aparèixer amb un somriure d'orella a orella. Al seu voltant voleiava l'Esplomada, la fidel gavina del Granit.

—Per mil milions de meteorits, però si heu vingut tots! —va exclamar el Mumu.

Els seus amics s'havien arriscat molt: si algun dinosaure els hagués vist al poblat, ja haurien begut oli!

—Fa molta estona que et busquem, saps? —es va queixar el Granit, tot malcarat—. Aquest poblat és massa gran!

Capítol 2

—I no sabíem on és la teva cova! —va afegir el Rotótom—. Però, arribar fins aquí ha estat un joc de nens!

L'Alma li va clavar un cop de colze i va dir:

—Deus voler dir un joc de NENES! Gràcies a mi, ningú no ens ha descobert!

—L'Alma té raó! —va confirmar el Granit—. És un geni: coneix tots els trucs.

—Si la senyoreta Popup sabés que som aquí, ens clavaria una bona bastonada a la closca! —va riure el Rototom.

La senyoreta Popup era una tigressa de dents de sabre que vivia a l'oasi dels homes. Hi feia de mestra. També hi havia el mamut Otel·lo, un mastodont molt assenyat que ja repapiejava.

Passat el primer moment d'entusiasme, el Mumu es va començar a amoïnar.

—I si algú us ha vist mentre voltàveu per aquí? —va preguntar—. Els nens no són gaire ben rebuts, aquí a Sauròpolis...

—Ei, Mumu! —va exclamar el Rototom—. No hem vingut per ficar-nos en problemes! Recordes que t'havíem promès que t'ajudaríem a buscar els teus semblants?

I tant que se'n recordava. El seu aspecte era diferent del dels altres dinosaures. Tenia la força d'un tiranosaure, les formes «mantegoses» d'un brontosaure, dues aletes d'estegosaure i un color violeta de... del Mumu. Trobar algú com ell era un somni!

Després de la seva primera aventura, els cadells humans havien decidit ajudar-lo. Però la recerca no havia tingut gaire èxit.

De sobte, una veu va ressonar darrere un grup de palmeres.

—Mumuuuuu... Qui hi ha amb tu?

Era el Llengut. Com sempre.

Ràpid com un colibrí prehistòric, el Mumu va llançar els tres amics a la bassa. PLOFFFF!

Sorpresa!!!

Els nens van rodolar pel fang i van quedar molt ben dissimulats. En canvi, l'Esplomada va volar entre les palmeres.

—Oh, Llengut, tu un altre cop? —va exclamar el Mumu—. Que em segueixes?

El Llengut es va posar vermell.

—No, i ara! Estava fent un volt! I he sentit unes veus i... bé, qui hi ha amb tu?

—Ningú! Estic tot sol!

L'estegosaure va mirar la bassa de reüll.

—Però, des de quan parles sol? —va insistir.

El Mumu va començar a suar.

—Estava recitant una poesia! La vols sentir? Parla d'un gegantosaure que no és gaire gegant i, per tant, l'anomenen petitsaure i...

—Sisplau, no! —el va interrompre el Llengut, que odiava la poesia—. Ja ens veurem, eh? —I es va allunyar. Però, abans de marxar, va fer un últim cop d'ull al Mumu. Aquell paio amagava alguna cosa... Però, què?

Per la seva banda, el Mumu va sospirar, alleujat, tan fort que va doblegar les palmeres, els matolls i fins i tot algun altre arbre.

CAPÍTOL 3

A CASA DEL MUMU

Els tres nens van sortir de la bassa tan bruts de fang que el Mumu va esclafir a riure.

—Per mil meteorits, que lletjos!

—Mira que tu estàs ben guapo! —va rondinar el Rototom.

L'Alma va intentar treure's el fang dels cabells, mentre el Granit es mirava tot satisfet les mans llardoses i els peus plens de fang.

Però el Mumu no tenia cap intenció de portar-lo a casa seva amb aquella pinta.

—Tu també t'has de rentar, noi! —el va renyar, mentre li treia el fang amb una fulla—. Fiqueu-vos al meu sarró, així ningú no us veurà!

—Ostres! —es va queixar el Granit—. Ara que em sentia tan a gust!

Els nens es van ficar al sarró. El Mumu se'l va penjar i per poc no cau a terra.

—UFF! —va exclamar—. Què heu pres per esmorzar avui... pa i meteorits?!

—Jo només fideus —va dir el Rototom.

—Jo una rodanxa de pinya! —va dir l'Alma, que era prima com un clau.

—Jo un entrepà molt petit amb formatge, mel, plàtan, nata, patates i crema de bolets —va recordar el Granit.

L'Esplomada va alçar els ulls al cel.

Capítol 3

—No pesem massa, Mumu? —va preguntar el Rototom.

—NNN... NOOOO!! —va balbotejar el dinosaure fent un gran esforç.

Mentre el Mumu els transportava pel poblat, els nens es van quedar callats al sarró.

En un moment donat, l'Alma va trobar els mitjons titella al fons i els va ensenyar als altres. Així doncs, el Mumu també els enyorava!

A casa del Mumu

La casa del Mumu era una cova gegantina. L'entrada estava tancada amb una pedrota llisa.

A l'interior hi havia tota mena de comoditats: un matalàs extragran, coixins de palla, estris de bellesa (llima per polir urpes, navalla d'afaitar per a dinosaures barbuts, pinta de granit per pentinar-se a l'última moda, bigudins de bambú per als cabells),

una dutxa de pedra de lava i una banyera d'hidromassatge guèiser plena de bombolles, amb tot d'aneguets prehistòrics.

Els tres nens van sortir del sarró. La cova era feta a la mida d'un dinosaure: les cadires eren el doble d'altes que ells.

—Deveu tenir gana! —va dir el Mumu—. Us prepararé alguna cosa.

—Síííí! —van cridar tots tres alhora.

L'Esplomada volava feliç entre el cap del Mumu i l'hidromassatge.

—Poseu-vos còmodes! —els va convidar el Mumu.

Els nens van intentar enfilar-se a una cadira. El Granit va encreuar les mans per fer una escaleta i va ajudar el Rototom a pujar. L'Alma els dirigia. Primer els va fer moure a la dreta, després a l'esquerra, de nou a la dreta, fins que... PATATAM!

Tots dos van caure. Al final van decidir seure a terra.

Quan el Mumu va tornar, duia una safata plena de fruita, formatges, entrepans, mel i llet de mamut. A més, s'havia posat un barret de cuiner i un davantal molt graciós.

Capítol 3

El Granit i el Rototom van esclafir a riure.

—Ha! Ha! Ha! Qui te l'ha regalat?! —va preguntar el Granit.

—Em sembla que t'han confós amb una cuinera! —va afegir el Rototom.

—El tinc des que era petit! —va rondinar el Mumu, vermell.

L'Alma li va clavar un copet a la panxa.

—No els facis cas —el va consolar—. Ja saps que aquests dos són un parell de ximples i no saben apreciar la moda! El teu davantal és molt bufó. —La nena va mirar el Rototom i el Granit, que reien com dues hienes, i va afegir:— Que me'l deixes un moment?

El dinosaure es va treure el davantal.

Amb un gest molt ràpid, l'Alma el va cargolar i, com si fos un llaç, va començar a clavar cops al cul als dos nens. PIM! PAM! PUM!

—AUUUU! —va xisclar el Granit.

—AIIII! Què t'agafa, Alma?! —es va queixar el Rototom—. Només fèiem broma!

—Aneu a rentar-vos les mans! —va contestar la nena—. El dinar és a punt!

CAPÍTOL 4

UN DINAR PER LLEPAR-SE'N ELS DITS

Els quatre amics van seure a terra al voltant d'una gran sopera de pedra. El Mumu en va aixecar la tapa i va dir:

—Aquí ho teniu!

El recipient estava ple de llet calenta. Sobre la superfície blanquinosa suraven uns flocs de civada i tomàquets aixafats.

—Una de les meves especialitats! —va declarar el Mumu, tot satisfet—. La «delícia de tomàquets amb sopa blanca»!

Els nens, que tenien moltes ganes de menjar-se un bol de patates, un entrepà o un tros de pastís de móres, van sospirar, decebuts.

De tota manera, s'ho podien haver esperat: el Mumu era un fanàtic de la llet de mamut...

La panxa del Rototom va deixar de protestar, al Granit li va passar la gana i l'Alma va brandar el cap, resignada a passar gana.

—Mmmm... té bona pinta! —va comentar.

—Oi que sí? —va contestar el Mumu—. Apa, tasteu-ho!

—NOOO! —van contestar alhora tots tres.

—És que... ehem... m'ha passat la gana! —va dir el Rototom, vermell com un pebrot.

Capítol 4

—Jo sóc al·lèrgic a aquests plats tan exquisits! —va afegir el Granit, tot convençut.

—I jo... m'estimaria més fer una passejada! —va fer l'Alma.

El Mumu se'ls va mirar amb suspicàcia.

—Que no voleu tastar la meva sopa?

—I ARA! —van exclamar—. Però, ens agradaria tant fer un cop d'ull al poblat!

—va insistir el Rototom—. Deixa que ens fiquem de nou al sarró!

—Potser trobem algú que ens prepari un entrepà de plàtan! —va dir al Granit.

L'Alma li va clavar un cop de colze i el nen va fer uns ulls com unes taronges.

—Au! —va protestar—. Volia dir que ens agradaria veure els vostres arbres, l'estany...

—I si algú us veiés? Allà fora és tot ple de dinosaures! —va exclamar el Mumu, pàl·lid.

—No t'amoïnis! —va dir l'Alma—. Si estem amb el dinosaure més llest!

El Mumu es va posar vermell, afalagat.

Llavors la nena va treure del sarró els mitjons titella i els va deixar a terra.

—Això ja no ho necessites —va dir, amb

dolcesa—. Ara estàs amb els dinoamics reals!

En sentir aquelles paraules, el Mumu es va rendir i va convidar els seus amics a ficar-se de nou al sarró.

—D'acord! Però no digueu ni piu!

Es va carregar el sarró a l'esquena i va sortir de casa, xiulant una cançoneta.

No es va adonar que algú l'estava espiant des de feia una estona. Algú que s'amagava darrere d'un baobab i que tenia les escates blanques, els ulls vermells i una llengua molt llarga...

L'espia va seguir el dinosaure a una certa distància, passant d'un arbre a un matoll.

—No em dius la veritat, estimat Mumu... tu amagues alguna cosa! —va murmurar.

CAPÍTOL 5

EXCURSIÓ PEL POBLAT

El Mumu va començar a passejar pels carrers de Sauròpolis, mentre els nens miraven a través del sarró.

Tot era molt gros, MASTODÒNTIC!

Dinosaures de tota mena anaven amunt i avall: alguns amb pressa, d'altres més a poc a poc, amb passos llargs i feixucs. Triceratops, brontosaures, velociraptors, iguanodonts...

El Mumu va arribar a una clariana on els arbres eren més atapeïts.

Capítol 5

Al lluny un brontosaure es rentava les aixelles, mentre un velociraptor prenia el sol. A la vora, no hi havia ningú.

El Mumu va obrir el sarró i els nens en van sortir, suats i amb molta calor.

—Uff —va panteixar el Rototom—. Aquí dins hi fa més calor que al desert!

—I el Granit fa més pudor! —va afegir l'Alma—. Els teus peus fan olor de ceba!

—I de la bona! —va dir el Granit.

L'Esplomada encara era dins el sarró, mig morta per culpa de la pudor de peus.

Finalment lliures, els nens van començar a córrer per la clariana: mai no havien vist uns arbres tan grans, unes roques tan gegantines, unes lianes tan gruixudes... i les arrels! Eren tan altes com l'Otel·lo!

El Granit es va enfilar a un baobab molt alt i va començar a gronxar-se.

L'Alma es va llançar des d'un plataner amb unes lianes: voleiava per l'aire!

El Rototom es va posar a tirar pedrotes a tort i a dret, les colpejava amb el bastó i feia que rebotessin. PIM! PAM! PUM!

El Llengut sentia molt de xivarri, però no podia veure qui el provocava.

Capítol 5

Però, finalment, mort de curiositat, va allargar el coll... i va rebre al front un cop de pedra llançada a tota velocitat. PATAPAM!!!

L'estegosaure va caure enrere, estabornit.

—AU! AU! Quin mal més dinozoic! Què m'ha clavat aquest cop? Una allau?!?

El Mumu no l'havia vist, però era igual: si els nens continuaven fent tot aquell en-

renou, els altres dinosaures els acabarien descobrint!

—SILENCI!!! —va ordenar.

Els nens van quedar quiets com estàtues.

—Molt bé —va dir el Mumu—. Qui té ganes de saber la història dels dinosaures?

—Jo!!! —van exclamar l'Alma i el Granit.

En canvi, el Rototom no es va mostrar gens entusiasmat.

—Noooo, quina pallissa dinozoica!

Però la majoria havia decidit què havien de fer, i el nostre amic enrinxolat es va veure obligat a tornar-se a ficar al sarró. El Mumu se'l va posar a l'espatlla i es va dirigir cap a una cova.

El Llengut es va quedar allà amb un bon bony, mig endormiscat i immòbil.

CAPÍTOL 6

GRAFITS, GRAFITS I MÉS GRAFITS

El Mumu els va portar a un indret sorprenent.

El Rototom, l'Alma i el Granit miraven al seu voltant, incrèduls. Eren en una cova enorme amb una galeria amb parets altíssimes, il·luminada per desenes de torxes.

Sobre les parets llises hi havia pintats i gravats una bona pila de grafits. Uns quants prestatges de pedra contenien més lloses gravades.

—Això és la Grafitoteca del poblat —els va explicar el Mumu, tot orgullós—. A les parets està explicada la història de la nostra espècie! Els dinosaures podem conèixer els nostres orígens i aprendre moltes coses!

—Quina meravella... —va comentar l'Alma, i va afegir—: Però no em sembla que la gent ho visiti gaire!

El Mumu va fer que sí amb el cap, moix.

—Sí, hi venim ben pocs. Però aquests grafits expliquen aventures i secrets!

L'Alma i el Granit van admirar aquells relats gravats a les pedres. En canvi, el Rototom es va repenjar sobre el bastó i va començar a roncar com un ós peresós refredat.

—Fa molt temps, no hi havia ningú a la Terra —va explicar el Mumu.

Capítol 6

—Ningú? —va preguntar el Granit.

L'Alma li va fer senyal que callés.

—No l'interrompis! —va dir en veu baixa—. I, a més, això també ho sabem nosaltres... ens ho ha explicat la senyoreta Popup!

El Mumu va somriure i va assenyalar uns quants dibuixos allargats.

—Són serps! —va exclamar el Granit.

—Però, què dius, beneit! —va replicar l'Alma—. Si de cas, són fideus...

En sentir la paraula «fideus», el Rototom es va despertar de cop. Però, així que es va adonar que no era l'hora de berenar, va tornar a caure en un son profund.

—Després es van formar les primeres criatures aquàtiques, que nedaven molt ràpid i vivien a l'aigua —va dir el Mumu.

—Dins l'aigua tota l'estona?! Encara sort que vaig néixer després! —va comentar el Granit, mentre ensumava amb orgull la seva característica olor de formatge florit.

L'Alma va assenyalar un dibuix.

—Però, llavors, com és que aquest llangardaix s'està al sol? —va preguntar.

—Perquè un dia aquelles criatures, que es deien amfibis, van decidir que podien passar algun temps sobre terra ferma —va contestar el Mumu—. Per buscar menjar i escalfor.

—Bé per ells! —va dir el Granit—. Un entrepà sec és millor que un de moll.

El temps va passar volant, i al final el Mumu els va proposar de tornar a casa.

—No voldria que algú entrés a la Grafitoteca per endur-se una llosa per llegir.

—Vols dir que nosaltres també en podem agafar una? —va preguntar l'Alma, contenta.

—És clar! —va dir el Mumu—. Només cal que després la tornem. És la norma.

En sentir allò, l'Alma va triar una bonica llosa de pedra gravada i se la va posar sota el braç.

—Ja ens en podem anar!

—Primer l'hem de despertar... —va dir el Granit, mentre s'acostava al Rototom de puntetes.

Capítol 6

El volia despertar amb una bona bastonada a la closca, però abans que ho pogués fer es va sentir un so insistent i molt fort.

TAM! TAM! TAM! TATATATATAM!

El Rototom es va despertar de cop, va perdre l'equilibri i va caure juntament amb el seu bastó. Després va mirar el Granit, traient foc pels queixals.

—No podies ser una mica més delicat?

—No he estat jo... algú ha començat a tocar el tambor allà fora! —va dir el Granit.

—Potser hi ha una festa? —va preguntar l'Alma, il·lusionada.

Però el Mumu, que de color lila havia passat a un lila destenyit i després a blanc fantasma, va brandar el cap fent uns ulls com unes taronges.

—No... Això és l'ALARMA T-REX!

CAPÍTOL 7

LA VEU DEL TAM-TAM

El so va continuar, ara més fort, i el Mumu va sortir de la cova per desxifrar-lo. TAM! TAM! TAM! TATATATATAM!

—Ho havia entès bé! —va dir, espantat—. El Míster Rex està a punt d'atacar-nos!

Els tres nens van empal·lidir.

El Míster Rex i la seva colla eren les bestiotes més ferotges de la prehistòria!

Tots tres van sortir de la Grafitoteca sense ni tan sols pensar a amagar-se al sarró.

D'aquesta manera, el Llengut, que havia tornat en si, els va veure de lluny.

—Ahà, HO SABIA, que el Mumu amagava alguna cosa! —va exclamar tot satisfet i anant corrent darrere d'ells.

Mentrestant, mentre corria, al Granit li petaven les dents només de pensar que es podia trobar amb el Míster Rex.

—E-e-el cap del poblat diu que és el dinosaure més dolent de tots! —va balbotejar.

—El Míster Rex i els seus sequaços són terribles! —va confirmar el Mumu, seriós—. I quan troben cadells humans...

—Què passa? —va preguntar l'Alma.

—Se'ls mengen d'un mos! —va revelar el Mumu—. Els troben gustosos...

El Rototom va clavar un cop al Granit.

—Que graciós! —li va contestar l'amic.

—No feu el ximple i correu més ràpid! —els va dir l'Alma—. No tinc cap ganes de convertir-me en el berenar d'un llangardaix!

Quan van arribar a un bosc a recer, es van aturar a recuperar l'alè i el Mumu va dir als nens que tornessin a ficar-se al sarró.

—Hem de ser prudents! —va recordar.

Van continuar la fugida. Els carrers del poblat estaven deserts: tots els dinosaures s'havien amagat a les seves coves!

—PSSST... Mumu! —va xiuxiuejar el Rototom—. Escolta, com és que a tothom li fan por aquestes bestiotes? Ningú és prou valent per clavar-los una bona bastonada a la closca?!

El Mumu va fer que no amb el cap:

—El Míster Rex és molt dolent i despietat! Els pocs que han intentat enfrontar-s'hi... han acabat baldats a cops!!!

—BRRR, esperem no trobar-nos-el... —va dir el Granit, amb una esgarrifança.

Però, llavors, el Mumu es va quedar paralitzat. Davant d'ell hi havia un tiranosaure gegantí, amb una filera de dents esmolades, els ulls grocs i la pell de color blau.

Capítol 7

Tenia les escates aspres i feia molta por.

Era ell: el terrible Míster Rex, amb la seva colla de sequaços plens d'urpes!

El Mumu es va empassar la saliva. Era el primer cop que veia aquella bestiota.

—Mira qui tenim aquí! —va fer el T-Rex—. Encara n'hi ha que es passegen.

—Míster Rex? —va fer el Mumu.

—En ullals i escates! —va confirmar el tiranosaure, fent una reverència burleta.

Els seus companys van esclafir a riure.

—Calleu, bestiotes! —va rugir el Míster Rex.

Tothom va callar a l'instant.

—A veure... —va continuar el T-Rex, mirant-se el Mumu des del morro fins a la cua—. Amb qui tinc el plaer de parlar?

El Mumu es va fer tot petit i va xiuxiuejar:

—Em dic Romuald Leopold Tercer, senyor. Mumu per als amics...

El Míster Rex i els seus sequaços van començar a fer grans riallades.

—«Mumu»?! Quin nom tan ridícul!

—Horrorós! He! He! He!

—I mireu-lo... porta ulleres!

—I té dues aletes tan petites i raquítiques que ni tan sols farien volar un pardalsaure!

—I quina PANXA! No havia vist mai un dinosaure tan gras en la meva vida!

El Mumu es va posar vermell, avergonyit. Tenia ganes de plorar, però va aguantar les llàgrimes: havia de pensar en els seus amics!

El Rototom, dins del sarró, va estrènyer fort el bastó. Aquella bestiota es mereixia un bon gec de bastonades!

—Calma't... —el va frenar l'Alma.

Ara, el Míster Rex semblava interessat en el sarró.

—Mmm, què hi portes, aquí dins... el berenar? —va preguntar—. Un cuixot rostit, un bon pastís, una coca de formatge?

—OH, NO, NO! —va contestar tot decidit el Mumu—. És que, veureu... estic a dieta!

—A dieta, TU?! Amb aquesta panxota! —va contestar un velociraptor amb el musell punxegut, que es deia Estella—. Si tu estàs a dieta, jo estic a punt de l'extinció!

I van tornar a riure.

—SILENCI, CRETINS! —va cridar el Míster Rex, seriós—. I tu, Pupu, obre el sarró.

—Bé, en realitat em dic «Mumu»...

—Mumu, Pupu... tant és! —va cridar el T-Rex—. Obre el sarró, o ens farem un bon berenar amb tu!

Atemorit, el Mumu va obeir.

CAPÍTOL 8

CARA A CARA AMB EL MÍSTER REX

Amb els ulls del Míster Rex clavats en el sarró, el Mumu el va obrir amb gestos lents.

—Afanya't! —li va ordenar el Remolí, el germà bessó de l'Estella—. Estàs trigant molt!

El Mumu va haver d'obrir de bat a bat el sarró i... POP!

Es va trobar una llosa de pedra a la pota. És clar, era la llosa que l'Alma havia agafat en préstec a la Grafitoteca!

Des del sarró, l'Alma li va fer l'ullet.

Suant com una font dinozoica, el Mumu va mostrar la llosa al Míster Rex.

—Ehem... ho veieu? —va improvisar—. Al meu sarró només hi ha lloses i grafits!

El T-Rex va gratar la pedra amb una urpa i va fer cara de disgust.

—Grafits?!? BAH! L'última vegada que en vaig llegir un va ser... ummm, no me'n recordo.

—Això és perquè MAI no has llegit un grafit, amo! —li va recordar el Fletxa.

—Tu calla, beneit amb escates! —va cridar el T-Rex. Després es va dirigir al Mumu:— Fot el camp, Pupu, ens fas perdre el temps!

El Mumu va sospirar, alleujat, va tornar a ficar la llosa al sarró i va girar cua...

Capítol 8

Però, llavors, el Llengut va aparèixer a la seva esquena. Oh, no!

—Aquest dinosaure és un mentider! —va cridar, assenyalant el Mumu—. Al sarró amaga tres tendres i gustosos CADELLS HUMANS!!!

El Mumu va sentir una esgarrifança.

—Cadells humans? —va repetir el T-Rex.

—Suculents i d'allò més saborosos!

—Estella! Remolí! AGAFEU-LOS! —va ordenar, furiós, el Míster Rex.

Però, per sort, el Mumu va ser més ràpid.

Es va carregar el sarró a l'espatlla i va arrencar a córrer. Però, el fardell, amb els tres nens i la llosa, realment pesava massa!

Malgrat els esforços, el Mumu va haver d'alentir la marxa, fins que, amb la llengua fora, va caure a terra. PLOC!

Capítol 8

Els dos velociraptors van arribar fins a ell.

—T'has rendit, eh, panxut? —va fer sorneguer l'Estella.

—Que no saps que ens diuen velociraptors perquè som molt ràpids? —va dir el Remolí—. Si no, ens haurien dit lentosaures!

—Doncs després d'això, a tu et diran nyanyodont —va fer una veu. Era la del Rototom.

Àgil i ràpid, el nen va sortir del sarró, va fer un bot i va clavar una bona bastonada a la closca de l'Estella. PATAPAM!

El velociraptor va caure a terra amb la llengua fora. En aquell moment, el Granit va colpejar dos dinosaures més al musell.

Cara a cara amb el Míster Rex

L'Alma es va enfilar sobre el Mumu i va llançar la seva llosa contra el Remolí.

—Llegeix-te això, ignorant del cabàs!

Els tres amics estaven molt contents. VICTÒRIA!!!

Però, ho havien celebrat massa aviat.

Al cap d'un moment, va arribar el Míster Rex.

Capítol 8

—Agafeu aquests nens entremaliats! —va cridar el T-Rex.

Però el Rototom va fer un salt i li va descarregar una potent bastonada en una pota.

—AU, AU, AU! M'has enxampat el dit petit! —es va queixar el Míster Rex, fent satirons—. Aquest matí ja m'hi havia caigut al damunt el bol de carn i cereals!

El Rototom, l'Alma i el Granit van continuar clavant bastonades a tort i a dret. Però els velociraptors eren molts i al final, sota la mirada del Mumu, van ser capturats.

Al Rototom i el Granit els van lligar com si fossin llonganisses. Però l'Alma va aconseguir escapolir-se i va fugir saltant de liana en liana. Si més no, ella havia aconseguit escapar-se!

CAPÍTOL 9

QUE HI HA ALGÚ?!

El Míster Rex estava molt enrabiat.

Aquells cadells humans li havien clavat una bona pallissa i, a sobre, tenia el dit petit inflat com una papaia gegant!

—Captureu aquella rossa, i no goseu tornar amb les potes buides! —va ordenar als seus esbirros, encara adolorit per les bastonades—. I fiqueu aquest parell d'esgarriacries on no es puguin escapar.

Un compsognatus amb una mirada de beneit va agafar un dels sacs en què transportaven els queviures que havien robat al poblat.

—Aquí només hi ha unes quantes cebes podrides... —va observar—. Els fico aquí?

—Perfecte! —va aprovar el Míster Rex—. Així també agafen una mica de gustet!

Van ficar el Rototom i el Granit dins aquell sac. Feia tanta pudor que, en compa-

ració, el Granit feia olor de roses silvestres.

El Mumu es va veure obligat a assistir a l'espectacle, amoïnat. Què els passaria?

—Ens els cruspirem... aquest vespre! —va anunciar el Míster Rex—. Amb patatetes.

—Però això no ho podeu fer! —va contestar el Mumu, desesperat.

—Ah! Què vols dir, que el cadell humà es menja millor amb amanida verda?

—No! —va insistir el Mumu—. Volia dir...

—L'important és el que vull jo —el va interrompre el T-Rex—. I tinc moltes ganes de fer un bon banquet amb aquests nens.

El Mumu no sabia què fer. Hauria hagut de defensar millor els seus amics! Però, amb aquella panxota, ni tan sols havia estat capaç de dur-los a un lloc segur.

Capítol 9

«Per mil milions de meteorits, quin desastre! No tinc ni la força d'un megalosaure ni l'agilitat d'un neovenator... Sóc un dinosaure inútil!».

Però llavors va pensar una cosa. Ell no era fort, ni àgil, però tenia una arma: la intel·ligència!

—Ara que hi penso! —va exclamar, mirant que el Míster Rex el sentís—. A casa tinc espècies molt bones! Podrien anar bé.

—NYAM! —va fer el Míster Rex—. I què esperes per anar a buscar-les? Estella! Remolí! Acompanyeu el toixó aquest a casa seva!

Mentre els dos velociraptors escortaven el Mumu fins a la seva cova, no van perdre l'ocasió per fer comentaris antipàtics.

—Has vist quina cua més lletja que té aquella trujasaure?

—I la cara de beneit d'aquell triceratops!

El Mumu els va haver de suportar fins a casa. Hi va entrar i se'n va anar de dret al bany.

—Perdoneu, tinc una necessitat! —va explicar—. Si em voleu seguir, vosaltres mateixos, però us aviso que sentireu força pudor...

Capítol 9

—Sisplau, no! —va exclamar el Remolí.

—Fes via, que no tenim tot el dia! —va afegir l'Estella, que es va tapar el nas.

—Oh... has fet un rodolí, Estella!

—Sóc tot un poeta, Remolí!

Mentre tots dos reien, el Mumu es va tancar al bany, va fer un xiulet de reclam i...

—Per fi t'has tret de sobre aquells dos babaus! —va comentar una veu.

—Svetlana! —va exclamar el Mumu.

L'Svetlana era la cartera del poblat i un dels pocs amics del Mumu. En aquell moment estava repenjada a l'ampit de la finestra i no estava sola... hi havia l'Alma amb ella!

—He trobat aquesta petita salvatge aquí a la vora —va explicar la pterodàctila.

Ella era l'única al poblat que coneixia l'amistat entre el Mumu i els cadells humans.

—Prou de xerrameca... tinc una idea! —va dir l'Alma. A la mà duia els tres mitjons titella del Mumu.— Mireu, podríem... psst psst... i psst psst... —va fer en veu baixa.

Era un pla genial!

Aleshores, l'Estella va cridar el Mumu.

—Ei, t'afanyes o què?! —va xisclar—. O és que se t'ha acabat la fulla higiènica?

CAPÍTOL 10

UN PLA GENIAL

En tornar on era el Míster Rex, el Mumu estava molt més tranquil que abans.

—Per què deu somriure tant? —va preguntar l'Estella en veu baixa al Remolí, desconfiat.

—Bah, deu estar content per haver fet les seves necessitats —va contestar el Remolí—. A mi sempre em passa...

Al cap de pocs minuts, els tres dinosaures van arribar fins on era el Míster Rex. Hi havia un gran calder amb aigua bullent sobre el foc, i el sac que contenia els dos nens es movia molt.

El Míster Rex i els seus s'havien assegut al voltant de la foguera. També havien convidat l'espia del Llengut.

Poc abans, els dinosaures que havien fet anar a buscar l'Alma també havien tornat. Però no havien pogut capturar la nena.

—L'hem buscat pertot arreu... és com si se n'hagués anat volant! —es van justificar.

—És clar! Els cadells humans mouen els braços i alcen el vol! —va dir el T-Rex.

El Mumu va riure. En efecte, el T-Rex gairebé l'havia encertada: l'Alma realment havia marxat volant... però sobre l'esquena de l'Svetlana!

Capítol 10

—Com que no heu complert el vostre deure, aquest vespre us n'anireu a dormir sense sopar! —va sentenciar el Míster Rex.

Justament llavors una cabellera molt rossa va aparèixer darrere d'un arbre. Era ella: l'Alma!

—Sou uns babausaures! —va cridar.

I va començar a fer saltirons.

—Oh, mira! —va exclamar després—. Si també hi és aquell espia tan lleig, el Llengut! El teu nom em dóna una idea!

Dit això, la nena va treure la llengua i va fer un pet amb la boca, el més fort que s'havia sentit mai. PPPPPTTT!!!

Tota la colla es va quedar de pedra.

En canvi, el Mumu es va posar molt content, mentre el Rototom i el Granit reien dins del sac. Quan l'eco del pet es va acabar, l'Alma ja s'havia esquitllat ben lluny.

—AGAFEU-LA! —va cridar el Míster Rex, de color violeta—. Millor, SEGUIU-ME! Sou uns inútils, l'enxamparé jo mateix!

Però, abans, va agafar el sac que contenia els dos nens, el va penjar en una branca molt alta i va mirar l'Estella i el Remolí.

—Vosaltres, estigueu atents que aquests dos rotllets de carn no s'escapin! Si quan torni no hi són, em menjaré les vostres cues.

Capítol 10

Els dos velociraptors, glaçats, es van posar a vigilar, ben atents.

—Sí, amo! —van contestar, obedients.

Llavors el ferotge T-Rex va perseguir l'Alma, seguit del Llengut i de la resta.

A la clariana només van quedar l'Estella, el Remolí i el Mumu. Però la veritat era que... hi havia també algú altre.

—Vosaltres no correu a capturar-me, babausaures? —va preguntar una veueta.

Un rínxol ros es va deixar veure darrere d'un matoll atapeït i florit.

Els dos velociraptors es van mirar. De nou aquella marreca mal educada?

El Mumu va ofegar una rialla, perquè aquella no era l'Alma, sinó... el seu titella!

Però, des d'aquella distància, els dos dinosaures beneits no podien notar cap diferència.

—Quieta, noieta! —va xisclar el Remolí.

Com una allau d'escates i cues, els dos depredadors es van llançar a tota velocitat cap al matoll de cabells rossos. Però... CATACROC!

En comptes d'enxampar la nena, van anar a parar contra una roca amagada entre les fulles!

Van caure a terra, estabornits, i amb la llengua fora.

L'Svetlana va volar triomfant per sobre del matoll.

—Per una vegada que han fet servir el cap... ho han fet molt malament!

CAPÍTOL 11

SANS I ESTALVIS!

El Rototom i el Granit van treure el cap del sac penjat a la branca.

—Ei, mireu qui tenim aquí! —els va saludar l'Svetlana, volant al seu costat.

—SVETLANA! —van cridar els dos nens.

—I també hi sóc jo! —va afegir l'Alma, saltant sota els seus amics—. Nois, hauríeu hagut de veure quina patacada s'han endut aquests dos babaus de l'Estella i el Remolí. Ara tenen un nyanyo tan gros com un coco!

Capítol 11

—Ens podries ajudar a baixar d'aquí? —va demanar el Rototom a la pterodàctila.

L'Svetlana va volar fins a la branca de la qual penjava el sac, va clavar un cop de bec a la corda que el lligava i el va fer caure. CLOC!

Els dos nens van sortir del sac.

—Au, au, quin mal d'esquena! —va gemegar el Rototom.

—Quin mal de tot! —va dir el Granit.

Però el Mumu els va dir que s'afanyessin.

—No tenim temps per perdre! —va exclamar—. Pugeu a l'esquena de l'Svetlana!

El Rototom, l'Alma i el Granit van assentir.

—M'agradaria clavar una altra bastonada a aquells llangardaixos —es va queixar el Rototom—. Potser la pròxima vegada...

—Però, quan tornem nosaltres portem el berenar —va dir el Granit.

—Sí, sí —els va interrompre el Mumu.

Els nens van abraçar el seu amic i les ulleres del Mumu es van entelar per l'emoció.

—Espereu, hem de fer una última cosa! —va exclamar l'Alma—. Mumu, el sac!

El Mumu es va clavar un cop al front.

—Per tots els meteorits, me n'oblidava!

Capítol 11

Va agafar el sac de les cebes i el va omplir de cocos. Després el va tornar a tancar i el va penjar al bec de l'Svetlana.

—Ara torna'l a posar a la branca!

El Rototom i el Granit van entendre el pla.

—Alma, ets la millor! —van exclamar.

La nena es va posar vermella.

—Ei, no em feu passar vergonya...

El Mumu es va acomiadar dels seus amics.

—Ens veurem aviat, d'acord? —va dir.

—I tant! —li va assegurar el Rototom—. Et vam prometre que t'ajudaríem a trobar els teus semblants, i un cadell humà sempre compleix la seva paraula!

Els nens van saltar a l'esquena de l'Svetlana i aquesta es va enlairar. Va col·locar el sac a la branca i va desaparèixer en el cel fosc.

Per poc! En aquell moment, l'Estella i el Remolí van tornar a obrir els ulls.

—Què ha passat? UÀ! —van badallar.

—Va, mama, deixa'm dormir cinc minuts més... —va xiuxiuejar el Remolí.

—Perdoneu que us molesti —els va advertir el Mumu—, però el Míster Rex està a punt de tornar i... vosaltres esteu adormits!

Tots dos es van despertar de cop.

—EH? ADORMITS?!? Però que no estàvem seguint aquella mocosa?

Capítol 11

—Sí… —va confirmar el Remolí, mentre es fregava el cap—. Però s'ha escapat i…

—En realitat, l'heu deixat escapar! —va precisar el Mumu.

—Tanca la boca, toixosaure! —va cridar el Remolí—. El Míster Rex no n'ha de saber res.

—Oi tant! —va contestar el Mumu—. Estaré mut com… un titella!

Sans i estalvis!

El Míster Rex i els altres van tornar al cap de poca estona, molt enfadats.

—Dimoni de nena enrinxolada! —va cridar el tiranosaure—. Gairebé la tenia!

—La veritat, amo, és que ni tan sols l'hem pogut veure... —va dir un velociraptor.

—TU CALLA! Per sort, he pogut ficar al sac els seus amiguets. I, com que tinc tanta gana, me'ls cruspiré així, al natural!

Va agafar el sac, el va obrir i el va alçar. Va obrir la boca de bat a bat per fer-hi caure els cadells humans directament a la gola, però...

RAMBLAMBLAMBLAMBLAM!

Va ser metrallat per una allau de cocos.

—AU, quin mal!!! —va xisclar—. Això no són nens, són TERRATRÈMOLS!

hi, hi!

El Mumu es va posar content, però el Llengut el va veure.

—Ell els ha alliberat! Ha volat!

—Però si heu dit que sóc massa toixó per volar! —va contestar el Mumu.

El Míster Rex li va donar la raó i es va encarar amb l'Estella i el Remolí.

—Heu deixat escapar el meu sopar... —va rugir—. Ara em menjaré les vostres cues!

Els dos velociraptors van fugir potes ajudeu-me i no es van aturar fins a arribar al final de les terres emergides.

Són coses que passen, a la prehistòria!

El Mumu va somriure, satisfet. Ja trobava a faltar els seus amics humans, però estava segur que els tornaria a veure ben aviat. Per viure plegats una altra aventura dinozoica!

ÍNDEX

PROVA DE COMPRA
ESTRELLA POLAR
Dinoamics
Núm. 3

Voleu conèixer el nostre autor i la nostra il·lustradora?

Andrea Pau

va néixer a Sardenya el 1981 i no abandona l'illa gaire sovint. Autor de la sèrie *Rugby Rebels* i del còmic *Radio Punx*, ha col·laborat amb Piemme, Gaghi Editori i diversos diaris. Li agraden molt els Clash i la pizza de tàperes i anxoves.

Erika de Pieri

va néixer amb els peus a Motta di Livenza i amb el cap en un castell entre els núvols, on torna sovint a refugiar-se per dibuixar, escriure, pintar i fabricar trossos de fantasia. Ha treballat amb Becco Giallo, Barbera Editore i Lavieri Editore. Li agrada viure aventures amb la petita Viola.

No us perdeu les aventures del Mumu i el Rototom!

1. Amics per força
2. El robatori dels plàtans rostits
3. Alarma, T-Rex!
4. Atrapat en el gel dinozoic